U0055103

母親與聲音

——楊淇竹詩集

含 笑 詩 叢

「含笑詩叢」總序／含笑含義

叢書策劃／李魁賢

含笑最美，起自內心的喜悅，形之於外，具有動人的感染力。蒙娜麗莎之美、之吸引人，在於含笑默默，蘊藉深情。

含笑最容易聯想到含笑花，幼時常住淡水鄉下，庭院有一欉含笑花，每天清晨花開，藏在葉間，不顯露，徐風吹來，幽香四播。祖母在打掃庭院時，會摘一兩朵，插在髮髻，整日香伴。

及長，偶讀禪宗著名公案，迦葉尊者拈花含笑，隱示彼此間心領神會，思意相通，啟人深思體會，何需言詮。

詩，不外如此這般！詩之美，在於矜持、含蓄，而不喜形於色。歡喜藏在內心，以靈氣散發，輻射透入讀者心裡，達成感性傳遞。

詩，也像含笑花，常隱藏在葉下，清晨播送香氣，引人探尋，芬芳何處。然而花含笑自在，不在乎誰在探尋，目的何在，真心假意，各隨自然，自適自如，無故意，無顧忌。

詩，亦深涵禪意，端在頓悟，不需說三道四，言在意中，意在象中，象在若隱若現的含笑之中。

含笑詩叢為台灣女詩人作品集匯，各具特色，而共通點在於其人其詩，含笑不喧，深情有意，款款動人。

【含笑詩叢】策畫與命名的含義區區在此，幸而能獲得女詩人呼應，特此含笑致意、致謝！同時感謝秀威識貨相挺，讓含笑花詩香四溢！

自序

2019年，撰寫論文期間，情緒浮躁。由於平時必須大量整理資料，偶時就會抽空安排博物館或美術館參觀，藉此放鬆心情。記得7月正當台北炎炎暑氣，走進二二八紀念館，頓時舒暢許多。建築物外觀復古，原來是日治時代「台灣教育會館」原址（現已列為三級古蹟），後經過時代變遷「台灣省參議會」、「美國在台新聞處」都曾在此辦公，到了2006年行政院定案為「二二八紀念館」，2011年始運作。

當時紀念館的特展主題為：「悲情車站．二二八」，圍繞在八堵、嘉義、高雄三地車站，藉由資料相片、畫作、罹難者生平重回事件發生經過（目前仍可在網路搜尋到展覽的資訊：*https://www.228.org.tw/228museum_exhibition-view.php?ID=128*）。除了人地事之外，尚有展覽罹難者書寫的遺書，這部分感性，讓我開始想要知道他們的妻子歷經二二八事件後，如何面對與度過往後的生活。

直至今年（2021），處理完所有論文撰寫修改和順利獲得學位，我便正式進入蒐集二二八相關史料。關注主題聚焦在女性，所以從此方向進行，找到沈秀華《查某人的二二八：政治寡婦的故事》和張炎憲、胡慧玲、黎中光採訪記錄《台北南港二二八》。之中，有幾位訪問者是重複，不過綜合多方口述資料，卻展現出不同的切入角度敘述。藉口述記錄，抓到與我生命歷程比較相關的地方——基隆和南港。從小在基隆生長，高中又回到基隆念書，卻對基隆二二八歷史非常陌生；另一方面，我小舅舅住南港，記得小時候常常去他家玩，長大讀書後雖較少回去，但都會在母親家族聚會相見。等姊姊結婚，嫁去南港，他們住在夫家附近，我就更常在南港附近活動。基隆與南港是許多受難者罹難的地方，基隆港口槍決了多名受害者，我後來在《基隆雨港二二八》驚見許多怵目驚心的相片，也一同回顧1947年的歷史。南港八仙橋則是著名槍決後棄屍地點，雖然只有8位罹難者，但是在口述資料中，尋找不到失蹤的丈夫，多半會聽到風聲，至南港橋查看死者是否為她們的親人。

女性是我關懷焦點，特別是她們如何在社會家庭中繼續生活。詩集以50首詩作重新回顧歷史背後之下，遭人遺忘的遺孀和子女心境轉折，也嘗試從時間角度追回有關女性的青春、情感和自我性格。同時，非常感謝李魁賢老師長期引導我創作的來源，本書【系列一：母親・西拉雅長詩】是在我閱讀老師悲歌系列詩作後，引發的靈感。回溯2017年撰寫〈悲歌，小論李魁賢介入歷史的敘事詩那她的未來呢〉（其刊載於《台灣文學館通訊》56期，2017.09）是從研究角度談〈孟加拉悲歌〉、〈選舉日〉等多首歷史長詩，現今我則同樣用歷史觀察的角度來探尋西拉雅母性與島嶼之間的關聯。

書寫，向來是我面對外在的一種對話方式。《母親與聲音》將是從歷史脈絡去認識自我生長的島國，豐富情感都在詩語中，表達對母土的熱愛。

目　次

【系列一：母親．西拉雅長詩】

序曲：闖進的時間

記憶中意外填滿
是空洞
曾經存在的西拉雅
她們，似母親的手
溫暖
失憶孩子
中間隔閡一片
歷史的父權從來就
不渴望相認
戰爭征戰，奪權，前仆後繼
身世都在權力中
有了話語的威望
只能聽，聽，聽話

妳，西拉雅
走，進入遺忘的牢籠吧！

一、閣樓，傳來的聲響

時間抵達了現代台北
城市依舊奔馳
往城區
往郊區
來回，捷運聲
四起
2018，數字訴說此刻紀元年
有時也毫無意義
時間不斷流逝
往前遠望的青年
急切，念書
心靈早如癩蛤蟆外皮
百孔千穿
曾有閒情來尋找
幽靈的聲音嗎？

那是肅清年代
許多人事不敢言

現在，我只要現在
能安身
台灣戒嚴中，沉默
父執掌有絕對
無法交涉的空間
只在自己空間，交涉
想像自由
許多人噤聲
默默地
看著三台電視

瘋癲語言，嘶吼
我才是你母親
為何，沒聽見
啊啊啊……

母親，夜夜哭啼
鬼魂地

遊走前世今生
一棟家屋封閉了
閣樓，那是禁地
無人探險
無人過問
淒涼與窗外冬風
一同呼嘯

幽幽是否含恨
氣息聲
青年仍無動於衷
時間就在歡呼
迎向現代建設
新，嶄新
往窗外白雲藍天
觀望

二、記憶是散落的祀壺

水
流動，裝入
信念
祈求內心的阿立
全族人平安
澤蘭飄散一陣陣
心靈香氣
芙蓉、甘蔗葉偶凜然站立壺中
誠心把意念傳向祖靈
米酒與檳榔
供奉過去未來
祀壺罐，送走舊日水
初一、十五
我衷心祈求
呢喃咒語，呢喃我心……

語言，外者聽
如瘋癲圍繞閣樓

層層阻擋在
人的懷抱
但，西拉雅Siraya原意是人
又怎能隔絕
人之外？

記憶，留在過去
囚禁靈魂
走踏閣樓，喀喀作響

夜晚，即將襲來
紛紛準備祭祀供品
隆重生日慶典
十月中旬落日後
忙碌，進行
豬隻抬入安置
祀壺三向儀式
平安，與缸中的水

喝入身體
抖擻精神向太祖
獻上富饒豬隻
祭品，一一進獻
拜天公、拜太祖
獻上眼前的大豬
享用族人整年豐收
刀，落在豬身劃去
鮮血入甕
乩童，飲甕血
口中喃喃有語
牽曲，吟唱熱鬧
舞在人的身體
來來回回

那是許久年前吧？
還是許久年後？
噤聲母親

流著淚
她不曉得陶罐
盛裝是阿立的靈
還是自己的淚
夜夜哭泣聲
迴盪閣樓

牽曲，人聲響起
牽手圍成圓
哀哀成調
往前往後，走步
牽動逝去祖先
情
祈求平安，夜
逐漸落下了塵囂
聲，悠然
所有祝福留在
子孫生命中

未來，探索。
那她的未來呢
阿立，祢
可否聽見了？

夜泣與牽曲一同
悲傷
那夜，時間走錯路
記憶悄然地溜出過去
她一直夾縫於今、昔
殘喘地
呼出生命

向阿立訴說
往祀壺
拜祭
口中喃喃
成了外人聽來的咒怨

無法知曉語言
引來顫慄
紛擾從無知世界
蔓延害怕
夜，更深了
終於夜祭完結，騷動
卻扎根在一、二樓
紛紛解釋女人的
過去

時間格格不容於莊園
閣樓
客廳、飯廳、房間
鴻溝之間
對望
語言也冷然伺機
母語嚥下最後一口氣
絕望離凹

國語成了霸王
獨佔一屋的詮釋

三、女人，她的身世

從前從前
莊園未興起前
擁有當地生活住民
他們集結一社一社
相互不干擾
打獵，漁獵，種小米
祖靈在各地間
擔負重任，保衛族裔平安
偶有交易，物換物

漢人來了
土地被佔據
無法抵禦的能力
只好遠避山林
遷徙，逐步向丘陵與深山
僻靜自然
安居

他們一口腔調
說了道理
把原來生長此地列為蕃
語言尚未構成橋梁
優劣卻已劃分
什麼是優
什麼是劣
我，沒辦法反駁
用他們的語言

又幾年
白皮膚人來
紅頭髮
他們也說一口
好道理

語言在南島
融合了

生命
一代，下一代
用可以溝通的漢文
瞭解彼此的心
蕃，細分生與熟
野蠻被貼在留有獸皮鮮血的
手
想解釋，那是他們不懂得
生存價值

我仍用西拉雅語
說話，生活
感受土地聲音
白皮膚人用拼音文
記錄我的音符
他，富有趣味眼神
投向我們服飾
好奇聽，我們從阿立能量
呼喊生命

改朝換代速度
與躍進現代
同樣快速
通商口大批白皮膚人
進出，商行洋行林立興盛
運輸域外稀奇珍寶
我眼花撩亂地
感受新與舊

時間總是停不下來
日本人也來此地
聽說他們趕走漢人政權
用戰爭換來統治
我們都未明白何謂統治
就要自驚濤駭浪時勢
覓得生機
事實上，我只忠心阿立

四、女人凝視，歷史

血腥，正上演
刈下頭顱
滾動著
鮮血，在被稱番的人
轉到了日本人
再到中國人
來島的陌生者
不同時間
都用許多好聽話
使原住者乖順
說漢語、客語、西拉雅語……
開始學習正統
日語、中文

時間在口中
留下印記
我逐漸忘記母親的
輕聲搖籃曲

然而，時間過於殘酷
他見證了人類殘暴
相互爭戰、殺戮
頭也不回地把我們拋落
阿立啊，只希望一切平安！
那些被派駐南洋青年族人
要回家，別忘記。

之後，事情發生快速
終戰，中國人正式踏上台灣
噤聲日子一點一滴靠近
我還沒回神
歷史書寫已然將西拉雅
抹去
我們偷偷地
遷徙，裝扮成
更像漢人的中國人
但現實像是被關入閣樓

的人，無法言說
深怕
中國人，哪天
又來刈人頭了！
事實，生命，是用科技來殘殺
只要幾顆子彈的槍枝
血留有無情記憶

我開始做夢
回到阿立懷抱
喃喃逐漸遺忘的語言
但是被喚作瘋婦，變成人人害怕
我可以說話
只不想再學
任何時代壓榨者
的印記

西拉雅，遺忘了
時間靜止在銅像日子

發號司令總統
掌握權力
誰，可以隨便離開
屋子裡
被禁錮心靈的時代
不斷，不斷
蔓延

我想說
誰會聽？
我想唱
誰會聽？
記憶是破碎的祀壺
失去所有佇足
我開始作夢
夢裡，穿華麗服飾
結婚
自由戀愛

我眼看追求者
吹美麗曲子
牽手，進屋宅
夢裡，珠飾相撞
發出聲響
甜蜜溶入日夜歌聲
歡唱，歡唱

五、西拉雅，已走

再回到莊園
已經不知多久
許多人事
灰飛，不曾被記得
我翻開抖落的塵埃
時間在閣樓
他一直等待
也許希求歷史的清醒者

我走著，走進
封閉的心
走進碑墓之靈
撫摸嘶吼語言
曾經顫抖西拉雅
蒙蔽太久
資料散逸許多
要如何重回
妳訴說的故事

彷彿一堵堵深厚水泥牆
遭受禁錮

西拉雅語音
支離破碎
我仍努力在拼音教科書
發現回聲
靜靜聽，日常瑣碎
猶如造了更高的墳塚
執政者之心
可議

失去，我已經失去
閣樓日夜
是否能捕捉到什麼？
踏入地板的聲響
寂靜，透露著
失落

我來了，請問
母親西拉雅，在嗎？

修補，母親針線補起裂開衣物
人與人修補不易
豈能用幾根針線來彌補
語言修補不易
失落的生活記憶與語言
能用針線密合嗎？
疑問在血腥臭味
揭開歷史
一段段
拼湊妳失去的心
我失去的記憶
淚，隨妳
嘶吼變得真實
濕氣的閣樓
從窗外傳進滴答雨聲

啊！

秋天，來了

六、回歸

時間抵達2018
證據湮滅在歷史漩渦
青年，至今不曉得
在意什麼
經濟蕭條年代，房屋價格飆漲
青年苦悶地勞動
逗留城市與郊區
他記不起
前生
也無意追
今世
時間快速通過他輝煌的年輕歲月
留下薪資與帳單
飆速高鐵
短暫90分鐘
網羅多少思鄉？
他，是要回去
但疲累身軀
該如何面對家人？

啊，

Daba！Daba！

原來，已到家

母親正重複練習西拉雅語

復興西拉雅，這世紀被重視

他在時空交錯

喃喃唸

許久年久年前的

曾經

原來肅清年代已過

母親一開口

竟是西拉雅語

記得，小時候

少話母親

只有哭泣

不知多少眼淚後

他離家北上念書工作

再度返鄉
才知道母親是西拉雅
流浪血親

現今
生活壓迫的負荷
終於放下
屬於台北，讓風飛逝吧！
他，站立此
呼吸芬芳

【系列二：聲音・來自二二八遺孀和子女】

祕密

沒人聽懂她
因為多年前多年
父親的愛
被奪去

所有槍響列為罪的最後歸途
她看著發生
不尋常
執法公正
1947三月，隱約把熱帶風
吹得皺亂
嘉義・車站前・槍決

愛，瞬間凋零
強悍槍管底
沒有情
硬生介入請願聲浪
軍人執法公正
我，就是法

辯駁？爭論？
子彈把嘴給堵住
她，不作聲
眼看事件，發生

多年後
她瘋了，沒頭緒可理解
她有先生、孩子、家庭
在沉重祕密日夜折磨
嘶聲怒吼
走進脫序時間
父親的愛，愛、愛……？

遺書

許多的淚
還沒有傳送
只留下
一封無法回覆的遺書

交代交代
閱讀你的勇氣
時代不該殘酷
恨，能恨誰
愛，還能愛誰

失落在你曾經留下
死亡的
氣味
我卻在錯亂時間
努力
掩飾你的缺席

沉默

她都是緊閉雙唇
不敢提
丈夫失去蹤影
那刻

警察上門來盤問
擾亂家庭時序
丈夫已經槍決

事後
警察的出現讓她記得
傷疤痛楚
不安走動掩蓋
焦慮

她似乎不敢再追憶
夫妻相處時間
為了子女生活

拚命做手裡的木屐
勞動中，青春
失去了聲音

一張遲到的無罪判決書
唉……卻
補不回丈夫身上的孔洞
只能眼睜睜
下葬
她的話語權

槍響的那刻

我知道槍響的那刻
砰——砰——
雖然離家遙遠

槍響之前
丈夫貼上「罪魁」
遊街展示：國家的行政程序
想尋找記憶的臉龐
只剩下
頭髮黑漆漆散亂
我迷失在人群
被憲兵帶走了意識

憲兵又來通知
槍決時刻表
告訴我
三角公園的早晨
家人反對我
相望的最後一眼

我知道槍響的那刻
砰——砰——
心早有靈犀

丈夫在公園等待
通知家屬領回
他闔眼一天一夜
為了等憲兵敲家的門聲

叩——叩——
比槍鋒利的
刺入
我心底

警察

警察忠誠執行他的任務
努力把當權者
命令，實踐

是非尚未明朗
言論尚未說出
罪狀尚未定讞

他們把無辜的牽掛
逐一從家裡帶離
女人尋找最終可能的線索
女人悲傷接受可能的結果
理智讓她們安於現實

職權者的人性
命令底下運作出
一段時代悲哀
1950年代台灣警察

她們遠遠
避走

送行

遙遠路途
送一顆年輕的心
遠行

她懷孕三個月
蹣跚腳步
麻衣皺褶
把心都糾結

猶記得丈夫帶走後
迅速審判行刑
遺言，來不及聽
最後
棺材裝進她所有的思念

送葬隊伍不等人
通往
墳塚幽暗路途

走過了橋
走過了悲傷
走過了絕望

送走
她
年輕的心

單親媽媽

失去父親
時序，一同錯亂
我不敢說
別人也不敢問

我走在母親腳後的悲傷
工廠
一直運轉她的青春
堅強面容
掩蓋生活的變動
恐懼隱藏進了笑容

單親，時代產製的名詞
卻無法擺脫
當權者一聲命令

人情

政治動盪年代
不敢隨便發言
嘴閉得緊
心鎖進自己世界
無人應答

丈夫失蹤以後
朋友隔離起情分
高舉害怕牽連標誌
劃分
友情的距離
我在亡矢人情
看透
新生活日常

「新」生活

丈夫一去不回
孩子無辜眼神
疑問，待解
生活常規
在政治易主後
有新意

不想回望尋常生活
只能凝視眼前
不敢透露哀傷逝去
只把照料為重

奔波南北
工作與返家
情緒鎖進油和鹽角落
兒女旁觀
新生活的新事物
好奇：
媽媽，您吃飽了嗎？

鐵絲

鐵絲串起來
無辜臉孔的震驚
垂掛在基隆港吶喊
跌進了
他們妻子的心

沒有哭喊語言
鐵絲穿過手掌深深
刺入絕望

一聲聲槍響之後
寂靜了

水波卻蕩漾
在他們妻子的時間
基隆港牽掛
綁自記憶深處，隨時出航

雨港的海水

雨港的海水
陰鬱色
漂流盪起

不過問世事的水
依舊在時代間
穿梭
依循潮汐
牽引

1947年
他盪走了恨
從無辜者血液滴下
他盪走了淚
從眾遺孀絕望悲痛
他盪走了愛
從冷漠觀看的人群

鐵絲勾掛一排垂掛生命
無從掙扎
雨港海風吹落下
陰鬱蔓延
海水日復一日淘洗
受苦的
傷痕

貨車・1947

貨車從時間
穿越了女人的驚恐
轟隆引擎
響入街頭街尾

貨車從空間
橫衝了女人的記憶
不問是非
載走她們丈夫

毫無音訊
毫無指標
等待在家門口
問
人去了哪？

貨車司機的手
運轉行駛

帶走流淚女人的
盼望

路上軍人

路上軍人
鬆散的衣著
不相信
你的實力
卻可以把我的丈夫
帶走

路上軍人
拖鞋行走在大街
無紀律
用身上的槍嚇唬行人
與日軍
完全不能比擬

我閃避走遠
擔心，一不小心
與犯罪條款
擦肩
錯過可能見到失蹤丈夫的機會

南港橋下（一）

南港橋下
黑夜
被拋棄的亡者
衣衫不整，散亂
把所有的話語塞住
嘴
淒厲
無法吶喊
縱然已死

島內流傳
南港橋下
可找失蹤人的所在
女人憂心忡忡
設法行走千千萬萬路程
尋找她們的頭家

孤魂黑夜盼望返家
託夢給家族

也許幸運也許不幸
女人尋找到的思念
竟已冰冷

南港橋下
陡峭
女人毫不猶豫突破重圍
無論如何，帶回了
家族的牽掛

南港橋下（二）

等著親人
一具具曝曬的屍體
衣服
扒光

劫財？
1947年3月
島內政治不穩
要封住
知識分子的嘴
搶劫他們的生命

許多失蹤者妻子
遙遠來
只求屍體
是丈夫

橋上
議論紛紛

血腥
時刻
已被春風吹散

泣不成聲的女人
尋求幫忙
帶走丈夫

封住往生者的嘴
也封住家族代代的
嘴
他們不敢張揚
搶劫
一再上演
錢財、生命還有制度
新政府手中
重新
配置

失蹤

請人去偵訊？
像哄騙的話語
安撫女人

接下來，毫無消息
要問，去哪邊？
一頭霧水

失蹤，證實的現狀
該怎麼盼，怎麼尋
借問借問

公權力的手
分開了家族溫暖
徒留女人獨自
暗夜泣淚

出門的西裝

丈夫行色匆匆
出門不忘
抓起西裝外套

聽說風聲淒厲
他推動的人民權利法案
可能被盯上
我在西裝外表
沒見到一絲恐懼
少話的丈夫
往狹窄後門離去

出門後旋即被逮
沒有留下
牽掛
我們一直等待
也許是日治時代的警察
問問話就返家

我們一直
等待
出門的西裝

喝茶

茶，已涼
找不到初泡的甘醇
惜呀……

好客的丈夫
總是請人來喝茶
聊政治、談友情、話家常
碩大客廳滿滿
盛情
那天，請警察進來喝茶
只是端出台灣人的
心胸
沒想到卻種下惡果
任何談話
變成尋找可疑的叛亂線索
正等報告上級
罪名迷迷糊糊
帶離全家人的依靠

丈夫已走
泡不出初泡的芳香
嘆呀⋯⋯

洗衣

全家人衣服
姨太太的命
雖苦，仍然洗濯著
生命缺憾

洗太太的風霜
洗孩童的調皮
洗盡大大小小相聚時光

突然1947年政治驟變
丈夫被帶走
太太病逝了
婆婆逐我出家族

落魄的手
還能為誰洗衣？

吃番薯的日子

自從頭家沒回來
孩子無辜的臉
等三餐
挨餓，成為尋常
家裡變遷後
貧窮
瞬間啃食孩子的成長

我每天走著走
至遙遠僻靜
挖番薯回來填補
瘦弱身軀

我每天走著走
持續了多久
手中番薯也瘦弱
不肯長大

時間

時間一直都沒有離開
遙遠的記憶
丈夫
思思念念

我一直哭泣
陪伴
時間的停滯

我無法相信
春天
掠過的驚恐

時間一直沒有離開
記憶被翻出
無法
緊握的圓滿

失去

在我未出嫁
從未想過
人生

媒人牽進你的家庭
父母媒妁訂下
未來的住所

衣食住生活不缺乏
忙碌全家各角落
把祕密
都塞進廚房
烹煮女人的生命

在我生育後
圓滿滿
人生

童言稚語笑笑笑
跟著他們學
嬉鬧
生活有好有壞
把快樂縫進
溫暖的外衣

某天，你失蹤後
生活被空蕩廚房
壓垮
每日晨起
痛苦迎接失去
數著
你
不再穿的衣服

皮箱

皮箱
裝滿旅人過境
疲累

返回家鄉尚未整理
急忙
南北奔波

終於暫居台北
她眼看丈夫心神不寧
皮箱也跟著
忐忑

皮箱始終沉默
圍繞嬰孩哭泣與玩耍
1947年不平靜的島嶼

他臥病瘦弱
輾轉反覆
她忙進忙出
照料家庭
終於，3月春風襲來
身體逐漸好轉

來不及生活尋常
來不及打開皮箱
憲兵
闖入帶走她的愛人
不問緣由
搜索四周

皮箱毫無開口的機會
一同與丈夫失去
聯繫

不平靜的年代

事件，驚起漣漪

不斷……不斷……

發酵

槍

堵在嘴裡的槍
可能意外
走火

她完全不怕
捍衛愛人
勇氣擋下扣板機

持槍憲兵
威嚇她與小孩
不准向前
眼看沒有搜索票
匆忙？草率？
是否掩蓋不成文的規定
抑或
臨時政府私擬的黑名單

問號來不及釐清
旋即
把她先生帶走

槍落在無正義者
執行逮捕
無人願意負責
即使
47年過去
憲兵服男子的槍
仍在她心
蔓延一股煙硝

回憶

化妝箱裝載
滿滿回憶
淚水

妳一直哭泣
白天
晚上
喊著飢餓兒女
用眼神
叫喚
淚水眼睛

一聽到有屍體訊息
再遙遠的地方
妳不顧前往
確認是否為丈夫
不斷重複傷痛
時間膠著

等待等待
心變得堅強
淚仍在回憶的化妝箱
一點一滴存下

盼望
私藏回憶的相片
化妝箱　再為妳
妝點笑顏

掃除

掃掃掃
繁複家事
掃除不好記憶
心深處
埋藏一個牽掛
不敢說

掃掃掃
丈夫寄託
看著兒女長成
掃除後，陪認字讀書
家餐桌
缺席一位父親
不敢提

我沉浸在家事的規律
行進
兒女跟隨時間跑步

上高中上大學
老師問家中狀況
每次回答：
父親已病歿

掃除掃除
年輕歲月掃進垃圾桶
打包
我的心
滄桑後　仍留
1947年的家庭和樂

字跡

恐懼
把你的書信、雜文、字跡
全部焚燒

祕密
將所有濃情寄託與叮嚀
湮滅

燒……燒……
煙催促淚
流……流……

躲藏
深夜的淚
被喚醒
潛意識紛雜情感
字跡現實的
舞動

中斷在
1947
台
灣

飛機

緊隨飛機起降的監視
旅居國外黑名單者
家
歸不得
過境起降
跟著旅客的名字搜索

愛土地的心
跟隨飛機起起落落
歸心家族
寄託海洋相隔的島國

母親
簽證一次次辦
無法通關的文件
囚禁在島國

飛機始終按照時間
飛離又降落
淚水在轟隆隆聲響
離不開
監視

命運

命運
無法預測
她在哭泣中
接受
一夕之間
變奏

久病丈夫
毫無緣由帶走
偵訊陰影
環抱家四周
她抱小孩
出門
問問問

命運
無聲無息
沉重落入抱兒子
手上

某日收到一張便條
丈夫的字跡
姓名與求救信號
她快去敲尚有權勢者的門
時間　在走路時
遺失
請託拜託　請託拜託
只求幫忙關說

命運
許多努力底下
丈夫仍
毫無下落

命運在執政手
安排
一個個家族的
傷悲

兒子，請你不要回來

許多黑名單中
她深怕
二二八牽連
兒子一下飛機
被帶走

解嚴過去
風氣不如以往森嚴
但她依舊
落入追查者眼線
盤查的警察
一再追問
小叔日本行蹤

海外
她知道兒子與小叔的聯繫
避而不談
佯裝潛意識的造夢

她表現優良
示範給追查者
一如往常

突然接到
兒子想返台消息
她一再打電話
兒子，請你不要回來
兒子，請你千萬不要回來
媽媽馬上買機票
在美國
等我

跟蹤（一）

查查查
查到生活的底限
翻翻翻
翻開記憶的傷痛
眼線者佈滿
家屋、路徑、停駐點
讓妳知道
威權無所不在
逃脫不了的命運
只因
妳丈夫是菁英

跟蹤者綁束的視線
圈住
女人行蹤日日夜夜
冗長盤問
人地事交代清楚

妳不禁思索
能否在盤問嘴
尋找行蹤丈夫的
曙光？

線與圈

你問一句
我答一句
不知道……不知道……

你畫一直線
我繞一個圈
不知道……不知道……

沒有聯繫
沒有通話
要我怎麼預測他的思想？

記得，要他趕快回台灣。
好！好！
你辦的簽證過境日本幹嘛？
要去美國找兒子，過境日本而已
你有和小叔聯繫嗎？
沒有沒有
我不知道他在哪

你畫一直線

我繞一個圈

回應你探問的鉗制

燒熱水

先生，毫無音訊
台北已失去家的溫度
帶小孩回台南
先生的老家
婚後沒暫留幾次
大家族的上上下下
仍在熟悉
掌權的細姨婆指揮東指揮西
她一句也不敢頂撞
悄悄流淚
思念丈夫的生命溫暖

她在燒熱水
燒她的淚
燒她的記憶
燒掉她現實美好

燒家族人熱水澡
終結
她一日
疲
累

依靠

沒有依靠
大家庭
她不敢發聲
默默家事
做做做
艱苦日子體會
她先生兒時的記憶

寵幸與不被寵幸
走過房間與房間之間
暗自明瞭
在這裡，沒有爭權
細姨婆說了算
嚼著舌
在公公面前
她一句都沒有反駁

淚流
生活大小事
依舊靜默擦地板
不敢出聲
把連日的塵埃擦盡
繼續
水洗抹布……
扭乾抹布……

地板的風霜

家族人走動
腳步
來來回回

離開丈夫的依靠
返回婆家

她
開始
為地板抹除記憶

木板
丈夫的兒時記憶
她追循紋路
發現
上一代人的紛爭

丈夫努力讀書
掙脫傳統
留學日本
法學博士回台
日治時代
家族人另眼相待

也沒過多久
政府因時局改變
先生的思想
仍正直無變通
縣長貪汙案
得罪官僚

去職檢察官
南北來回奔波
我還在擦
地板

避免出聲
輕步
來回來回

風霜抹盡了
人牽連二二八
幾十年的足跡
嘆！
沒辦法回家

夢

夢
等待
一位失蹤者
最後歸途

她
思念
丈夫的去向
天天尋找

1947年3月後
亂象殘局
橫掃一個個家族
悲哀

誰有了武器
誰可以出聲

她，循
棄屍地點
仍無見
丈夫的蹤影

夢
最終
等到丈夫
憔悴，說：
我跟林茂生一起住
妳看

柏樹盡頭後
深幽幽的土丘呀！

夢，將
思念
燮

埋進一塊虛境的
墳

母親的淚

母親
內心蓄積
歷史過境的
淚

不完整的
家庭
暗自哭泣

她什麼都不說
也不敢說

片片段段
從記憶
度過
失去愛人的
每一日

總是惡夢
是人？
是鬼？
纏繞破碎
生活

淚
聚集
島內1947後
冤屈

我擁抱
受傷母親的
眼淚
一個個角落

跟蹤（二）

眼睛
一雙雙
她轉頭過去
突然
消失無蹤

她繼續走
冷颼
風
吹過來

陰影下
一雙雙
眼睛
持續跟進

她又轉過身
沒有

任何眼睛

繼續

走

嚴密追索

所有

獨立運動策動者

身後的

遺孀

也，不放過？

遺孀

怒吼
女人心底
變成
眼淚

她一直哭
尋找
可能下落的
丈夫

冤屈
女人的眼底
落入
沉默

她不敢看
政治
敏感歷史線
真相

權勢者威望，下葬
歷史腥風血雨
戒嚴戒嚴
他們把時間拍成了
遺照
盡可能驅逐
絆腳石
知識分子的遺孀
忍吞
記憶的淚水

眼淚
沉默
誰來安慰瘦弱的她？

回家

回家路途
遙遠
啊
遙遠

他打開家門
妻子見
臉腫起來
牙斷幾顆
惜在心

煮飯給你吃？
出門一下，馬上回來
你別再出門了……

夢醒又夢
煮飯給你吃？
出門一下，馬上回來

她
知道
丈夫想回家的艱辛
吞吞吐吐
暗藏
心事

醒了又夢
故事斷斷續續
重複鬱悶
圍繞
失去丈夫的日常

他老早
斷絕了人世的道路
託夢？
他告訴妻子：
我的家，在那
幽深山丘啊！

1947・春

風
吹過了
冬

她的時間是
截斷
接合
蒙太奇電影

錯亂拼湊
現實
虛幻
交叉重疊

每年每年
重回
1947
消失的
溫暖

春在她生命
枯盡
影像中
只有冰凍的
風霜

故事

故事
似乎說不完
女人
喪夫後
堅強
即使圍繞調查員
眼線
仍不屈服
時間過了好久
政府嚴密監控的體制
逐間瓦解
自由的空氣
吹拂
她向訪問者訴說
二二八

她的愛人
她的家
她的……

愛

一場永恆無止盡
夢魘
錯落在
經濟蕭條的島
人權曾經
單薄如廢紙
再用各種手段
讓人相信
政府
愛人愛民

愛啊……
我的丈夫失蹤
我的心中忐忑
來自
新政權移轉的
愛

真話

她堅強
照顧家庭
五個女兒相繼出生
忙碌在丈夫開設
醫院樓上
養育

一場政治風暴
有人登門找醫生
回：醫生今日不舒服
門撞開，軍人與槍
湧入門內
她拿40萬現金
想留人
答：長官要問話，必須帶走人

丈夫因瘧疾
身體虛弱，換了衣裝

大女兒跟隨父親腳步
眼睜睜
看父親消失
槍口下
一聲喝令，任何人
都待在屋內

至今
回憶事件經過
40年時間
繼續撫養小孩
傷痛
無淚的
生命
不該見證什麼
丈夫一去不回
形式上的去向調查
公文公文
誰能說真話？

紀念音樂會

為了紀念
二二八
音樂會開始進行
殺戮歷史殘暴
已遙遠
樂音奏起
節奏
速度

她從來不參加
任何
悼念二二八
即使是音樂會

她不想回憶
過往曾受傷的時間
繼續走……
生活在現實

她想

再多彌補

無法更動歷史

補助？

補不了心靈的

殘缺

40年

女人擁有多少40年
一個10年
10年
慢慢數
生活在女兒長高的公分數
過去
國小幾年級
又國中、高中
缺少父親的成長
她們加倍努力
繼續
穿
像父親模樣的
白袍

40年過去
女人口中的事件
不要追討

只需放手
形式上佈置種種追思
煎熬受害者
再一次
傷痛

40年
女人擁有了多少？

牽連

一旦沾上二二八之名
生者不能生活
死者不能安息
牽連
人
逐步擴大
偵訊
消失
調查
把牽連的名字
逐一審問

女人無從過問政治
風暴來襲前
丈夫無故帶走
她就困在自己的
房間
不想出來

生活看似如常
時間瞬間
停止

昔日友情終止
求助聲音湮滅
走頭無路……
求神？問鬼？
誰能給答案

一旦牽連二二八之名
軍人不問緣由
帶走有關係的友誼
女人
碰壁社會底下
被隔絕

政府已佈署好
新公民教育
所有思想牽連，都會
一乾二淨

時間

時間
如果一再被追問
受害者的
思緒
又重新
回到1947年
煙硝，瀰漫
對話中
恐懼
自
癒合傷疤
滲出

槍槍槍
拿著武器軍人
想問：
你們在保衛誰

時間
我的出生早已錯過
許多歷史線
跟隨故事
有些雛形

母親
歷經傷痛事件後
一年一年
在沉默中
選擇
不知道

妳堅毅眼神
時間
不曾被善待
央求妳遺忘
實在困難

我把一束
初春盛開花朵
留給
每年不該遺忘的
二二八

雨聲

三月雨聲
沙沙
腳步也匆忙

是軍人？
是警察？
還是市民

三月雨聲
淅瀝
風吹也蕭瑟

是國旗？
是希望？
盪在天空

三月雨
落入1947年

台北
我們都被迫
在家

三月雨
下在1987年之後
解開
層層警戒的
生活

三月
曾經政治狂暴底下
女人
失去丈夫
她們
勇敢堅毅的慈悲
依舊驟雨後
綻放
美麗生命力

安心

走入妳的
角落
無意間
散落時間的
破碎
記憶
我幫妳，拼好
一塊塊

在哭泣時刻
傾聽
在無助氛圍
擁抱
在我無法抵達
時空
靜靜地
只想安慰
柔情
青春年華

妳好勇敢
妳沒怪罪
妳一直努力
將憂傷
留在
心
底
我卻不斷哭泣

歷史
已然走遠
妳的年歲滄桑
讓臉龐更加美麗
我想留住　安心
圍繞妳身邊
永遠永遠
自由
國
度

含笑詩叢20　PG2739

母親與聲音
——楊淇竹詩集

作　　者　楊淇竹
責任編輯　楊岱晴
圖文排版　陳彥妏
封面設計　蔡瑋筠

出版策劃　釀出版
製作發行　秀威資訊科技股份有限公司
114 台北市內湖區瑞光路76巷65號1樓
電話：+886-2-2796-3638　傳真：+886-2-2796-1377
服務信箱：service@showwe.com.tw
http://www.showwe.com.tw
郵政劃撥　19563868　戶名：秀威資訊科技股份有限公司
展售門市　國家書店【松江門市】
104 台北市中山區松江路209號1樓
電話：+886-2-2518-0207　傳真：+886-2-2518-0778
網路訂購　秀威網路書店：https://store.showwe.tw
國家網路書店：https://www.govbooks.com.tw
法律顧問　毛國樑　律師
總 經 銷　聯合發行股份有限公司
231新北市新店區寶橋路235巷6弄6號4F
電話：+886-2-2917-8022　傳真：+886-2-2915-6275

出版日期　2022年5月　BOD一版
定　　價　200元

讀者回函卡

Printed in Taiwan

國家圖書館出版品預行編目

母親與聲音：楊淇竹詩集/楊淇竹著. -- 一版.
-- 臺北市：釀出版, 2022.05
面； 公分
BOD版
ISBN 978-986-445-662-8(平裝)

863.51 111005887